EXAMEN

DU

SALON DE 1827.

EXAMEN

DU

SALON DE 1827.

NOVEMBRE.

PREMIÈRE PARTIE.

Rien n'est beau que le vrai.

SECONDE ÉDITION REVUE ET CORRIGÉE.

A PARIS,

CHEZ RORET, LIBRAIRE,

RUE HAUTEFEUILLE, AU COIN DE CELLE DU BATTOIR,

ET CHEZ LES PRINCIPAUX LIBRAIRES.

1828.

LISTE ALPHABÉTIQUE

DES ARTISTES DONT LES OUVRAGES SONT CITÉS DANS
CETTE PREMIÈRE PARTIE.

Adam..........*Page* 48
Auvray............ 18
Bertin............. 37
Bidauld............ 43
Bonington......... 29
Bonnefond........ 20
Bourgeois (Amédée)... 18
Brascassat.......... 31
Chauvin............ 24
Cogniet (Léon)...... 5
Coignet (Jules)...... 23
Constable.......... 39
Couder............ 14
Court............. 7
Dagnan........... 24
Daniell........... 40
Debray............ 26
Decamps........... 21
Delacroix.......... 9
Delaroche.......... 21
Fleury (Robert)..... 27
Giroux (André)...... 31
Granet............ 44
Grenier........... 50
Gros (le baron)..... 4
Gudin............. 32
Guérin (Paulin)..... 28
Guillemot.......... 43
Haudebourt (Mme)..... 29

Hersent............ 11
Isabey (Eugène)...... 34
Jolivard............ 31
Joly de la Vaubignon.. 16
Langlois (Charles)... 48
Lawrence.......... 38
Lejeune (le général ba-
    ron)............. 13
Malbranche......... 46
Mongez (Mme)........ 37
Monvoisin.......... 49
Mozin............. 34
Pernot............ 46
Petit............. 45
Rémond........... 41
Roqueplan.......... 15
Scheffer........... 47
Schnetz........... *ib.*
Schotel........... 35
Serrur........... *ib.*
Smith............. 36
Souchon........... 43
Turpin de Crissé (le
    comte de)........ 17
Van-Os............ 25
Vernet (Horace)..... 11
Volmar........... 26
Watelet........... 42

AVIS ESSENTIEL.

Plusieurs personnes ont dû être étonnées de lire, en novembre, nos jugemens sur quelques ouvrages qui n'avaient point alors paru au salon ; mais nous avions vu ces tableaux qui viennent d'Italie.

Nous croyons ne pouvoir mieux reconnaître l'accueil que le public a bien voulu faire à notre première édition, qu'en continuant à rester fidèles à notre épigraphe dans la suite très étendue de l'Examen de novembre, et dans celui de décembre que nous avions annoncé, et que nous publions aujourd'hui.

La Liste alphabétique des Artistes, placée en tête de l'ouvrage, rétablit l'ordre que nous aurions voulu pouvoir suivre dans l'Examen des Tableaux.

EXAMEN

DU

SALON DE 1827.

NOVEMBRE.

J'E ne sais si l'on peut continuer à donner le nom d'*Exposition publique des ouvrages des artistes vivans* à l'Exposition actuelle, qui paraît uniquement destinée à constater les décisions d'un jury secret qui décerne ou refuse à qui bon lui semble ce qu'il s'obstine à appeler les honneurs du Louvre. Étrange vicissitude des choses de ce monde! Ce jury, institué pour empêcher que les peintres académiciens ou pensionnaires de Rome ne compromissent leurs couronnes aux yeux du public, n'a plus rien à voir aux œuvres de ces artistes couronnés, et juge noblement à huis-clos tous les autres tableaux sans exception.

Ce jury, d'ailleurs, dont on prônait d'avance l'impartiale sévérité, s'est montré d'une si grande indulgence, que, pour l'honneur de la peinture, il faut croire qu'il a voté de confiance et sur la parole de M. le vicomte Sosthène de La Roche-

I

foucauld, qui, comme chacun sait, est très bien payé pour être grand connaisseur en beaux-arts.

Les privilégiés de Rome et de l'Académie ont largement usé de leurs droits ; jamais médiocrité plus uniforme n'a tapissé les murs du Louvre, et notre École française, naguère si brillante, paraît s'éteindre entre leurs mains. Est-ce la faute du public, celle des artistes, ou celle du jury, si les tableaux d'histoire, déjà si rares, sont sacrifiés à des tableaux de genre, et de quel genre encore !... celui de la chambre obscure. Il est vrai que c'est la chose du monde la plus commode que la chambre obscure ; demandez plutôt à messieurs les *comtes, vicomtes, barons*.... qui exploitent à leur profit les arts libéraux. On découpe deux ou trois paires de mains, autant de paires de pieds ; une demi-douzaine de têtes et de corps affublés de manteaux, avec ou sans capuchon ; une douzaine assortie de palais, ruines, sites romantiques, etc., on jette le tout au hasard dans le kaléidoscope, on approche la chambre obscure, et on copie tant bien que mal ce beau désordre ; c'est un *joli* tableau, une peinture *charmante*, d'un style *délicieux*, s'écrient en chorus les coteries. Ainsi plus d'études, plus de modèles, plus de travail. A quoi bon ! on sera jugé par la chambre obscure.

La mauvaise disposition des salles, le décousu de l'Exposition, ajoutent encore à sa pauvreté, déjà si évidente. Honneur donc aux artistes qui sacrifient leurs tableaux dans les catacombes, où le jour le moins défavorable est réservé pour les barbouillages privilégiés ! qu'ils luttent, sans se décourager, et par des études constantes de la nature, contre tous les obstacles que le mauvais goût et les coteries ne manqueront pas de leur opposer ; le public, toujours juste, les dédommage déjà de se sacrifice, et ne les confond pas avec l'entourage auquel le jury de cette année les a condamnés. Le temps viendra, nous osons l'espérer, où un jury vraiment impartial soumettra ses décisions au public; alors tous les tableaux envoyés seront exposés, et le jury n'aura plus qu'à disposer l'exposition de manière à ce qu'on voie, dans le grand salon, les tableaux qu'il aura jugés les meilleurs, et dans les autres salles, ceux mêmes qu'il aura crus les plus mauvais.

M. LE BARON GROS. (1)

491. — *Portrait du* ROI.

Le moment représenté est celui où Sa Majesté entrant
dans le camp formé sous les murs de Reims.....

Le moindre défaut de ce portrait est celui de
la ressemblance. En prenant le soin d'indiquer
dans la notice que la scène et le site sont pris
d'après nature, le peintre a cru peut-être excu-
ser la pauvreté de ses fonds ; il s'est trompé : ce
paysage malencontreux, sur lequel on semble
avoir étendu une pièce de nankin, ne ressemble
même pas aux environs de Reims.

Sa Majesté est placée, la tête découverte, et
tenant son chapeau de la main droite, sur un
cheval blanc dont la jambe montoire de derrière
est estropiée ; une queue très mal attachée
forme un arc-en-ciel prétentieux qui contraste
avec la croupe anguleuse de l'animal ; sa robe
de satin taché, et sa crinière, tressée de ru-
bans rouges, sont loin d'être largement peints ;
la tête encapuchonnée du cheval, à laquelle le
chapeau de Sa Majesté vient servir d'œillère,
manque de relief et de vie. Ce tableau-portrait

---

(1) La liste alphabétique des peintres, placée en tête
de l'ouvrage, rétablit l'ordre que nous aurions voulu
pouvoir suivre dans l'Examen des Tableaux.

n'est digne, sous aucun rapport, des pinceaux de l'artiste à qui l'on doit le portrait du général Lassale.

Que nos académiciens n'oublient jamais, qu'élèves de David (dont les défauts sont rachetés par des beautés du premier ordre), leur réputation ne s'est établie à l'ombre de celle de ce maître, que par des tableaux d'une composition vraiment historique, d'un goût pur et sévère, d'un dessin correct et d'un coloris vrai.

Des trois portraits, celui de mademoiselle Korzakoff est le meilleur sans contredit : il y a là des mains, de la chair, une tête de femme à qui le pinceau a laissé la vie ; le sang circule librement dans les veines : c'est un portrait bien peint et exempt de l'affectation de coloris qu'on peut reprocher aux deux autres. Nous nous plaisons à croire que M. le baron nous saura gré d'observations dont le peintre Gros est en état d'apprécier la justesse et la modération.

M. COGNIET (Léon).

206. — *Saint Étienne portant des secours à une pauvre famille.*

Près du lit d'un vieillard moribond, le saint est debout, suivi de deux acolytes qui portent des vivres dans une corbeille ; une jeune fille se tient inclinée derrière le lit du vieillard.

Le calme consolateur de la figure du saint, la douce pitié que respirent les têtes des enfans qui le suivent, la douleur de la jeune fille, et la tête languissante du moribond, contrastent sans effort : on ne peut regarder sans émotion cette scène imposante, dont les accessoires sont vrais et naturels comme les personnages.

Le cou du vieillard ne se détache peut-être pas assez sur le fond, et ne paraît plus ainsi lier suffisamment le corps à la tête, dont les ombres, surtout celles des yeux, sont un peu noires. Ces taches légères doivent disparaître d'un tableau aussi remarquable par la sagesse de sa composition que par la franchise d'une exécution exempte de manière : la vérité du coloris laisse quelque chose à désirer sous le rapport de la transparence.

209. — *Scène militaire ; guerre d'Espagne.*

Il y a du mouvement et de la vie dans ce tableau de chevalet ; le cheval blanc au milieu du tableau est bien dessiné et bien peint ; les accessoires sont traités avec soin sans être léchés. Il y a dans les fonds un cheval gris dont l'encolure est grêle et le poitrail trop fort ; et sur le devant un cheval bai-marron un peu lourd. Nous ne faisons au reste ces observations à l'auteur

que pour lui montrer combien ce tableau a
attiré notre attention.

Les portraits, quoique bien en général, nous
ont paru au-dessous des autres œuvres de
M. Léon Cogniet; cependant, loin de l'engager
à soigner davantage ses portraits, nous désirons
au contraire qu'il consacre uniquement son talent à des tableaux sagement composés et peints
en conscience comme ceux qu'il nous a donnés
cette année.

M. COURT.

232. — *La Mort de César.*

Marc-Antoine fait apporter, sur la tribune aux haran-
gues, le corps de César....

Marc-Antoine debout, élevé sur la tribune et
près du corps de César qui repose sur une ci-
vière, tient une tunique ensanglantée; un vieillard, assis sur le devant, montre à un jeune
homme ce que le public ne voit pas; le peuple
ramasse des pierres.

Ce tableau pèche surtout par l'ensemble; il
n'y a pas là cette pensée unique qui doit domi-
ner une vaste composition, mais bien quelques
études fortement senties de dessin; les gens assis
forment une espèce de contre-sens dans cette
scène de sédition. Quant à la couleur il n'en

faut pas parler : l'uniformité désespérante d'un coloris de convention , auquel se soumettent aveuglément les adeptes de l'école de Rome, tuerait une meilleure composition que celle de M. Court.

Le Marc-Antoine est roide, sans relief, court de formes et sans expression ; Cassius s'emporte sans noblesse , et Brutus dissimule de même; l'air ne circule pas entre ces différentes scènes, peu liées les unes avec les autres , et dont l'ensemble forme une peinture sans profondeur.

Mais, nous nous plaisons à le répéter, il y a dans cet ouvrage de M. Court, des beautés de dessin qui décèlent une étude véritable des lignes de la nature ; qu'il en étudie le coloris avec autant de soin que le dessin ; qu'il marche hardiment sans lisières, qu'il compose d'inspiration, et surtout qu'il dégage son talent des conventions et de l'imitation, qui ne seront jamais que le partage de la médiocrité, et dont on semble avoir déjà pris à tâche de le louer pour l'écarter de la bonne route.

234. — *Une Scène du Déluge.*

Un homme se cramponne sur un rocher, et tend la main à un vieillard qui ne pourra pas la saisir ; une femme tient une branche cassée et un enfant ; cette dernière est à droite du spectateur, le vieillard est à gauche, et l'homme mûr entre les deux.

Un dessin sans noblesse, et un coloris plus faux encore que celui de la *Mort de César*, doivent faire sentir à M. Court la justesse de nos observations : c'est à lui de choisir entre leur sévérité et la perfidie des éloges qu'on ne manquera pas de lui prodiguer.

M. DELACROIX (EUGÈNE).

293. — *Le Christ du Jardin des Oliviers.*

M. Delacroix ne recule pas devant les difficultés, et n'attend pas ses inspirations de la pose d'un modèle ; le crayon obéissant groupe ses figures sans effort et le pinceau les anime : une pensée unique domine chacune de ses compositions, et si j'ai bien saisi celle de ce tableau, la divinité tout entière apparaît sous les traits des anges, tandis qu'entravée par un corps humain, celui du Christ, la divinité se rapproche de nos sens matériels, qui sont exprimés par les apôtres. Il y a tout à la fois de la poésie et de la vérité dans cette belle composition ; le groupe des anges est admirable de pose et d'exécution ; le Christ laisse peut-être quelque chose à désirer pour la vérité des chairs ; le ton général n'est

pas exempt d'une certaine prétention de s'af-
franchir de toute entrave et de brusquer la couleur; mais ici cette prétention est celle du génie,
et nous ne pouvons qu'engager M. Delacroix à
régler ses inspirations par l'étude approfondie
des beautés nobles de la nature, à ne pas abu-
ser de sa facilité, et à marcher franchement et
sans affectation dans la bonne route, celle du
beau et du vrai.

294.—*Le doge Marino Faliero, ayant conspiré
contre la république, est condamné à perdre
la tête sur l'escalier du palais ducal, à
Venise.*

Ce tableau de chevalet est vraiment vénitien :
voilà un intérieur, des poses et un coloris dignes
d'un peintre d'histoire.

Le cheval peint, dans la *Scène de la guerre
actuelle des Turcs et des Grecs,* est mauvais de
forme et de couleur, mais il y a du mouvement
dans l'ensemble.

On dit que le jury n'a pas voulu admettre un
portrait présenté par M. Delacroix. Nous en
sommes d'autant moins étonné, que nous avons
au salon, comme portraits, une foule de peintures plus que médiocres, et dues aux pinceaux
d'artistes qui jadis ont fait de bons tableaux.

M. HERSENT.

552 à 560.

Si M. Hersent conserve encore quelques étin-
celles de ce feu sacré qui anime le tableau de
Gustave-Wasa ou celui de *Ruth et Booz*, il doit
regretter le temps qu'il est forcé d'employer à
des portraits : qu'il semble avoir eu aussi peu
de plaisir à peindre que nous en avons à les
regarder : qu'une jolie femme s'extasie sur la
beauté du teint de monseigneur l'évêque de
Beauvais, et qu'on vante la ressemblance de
M. le général comte A...., je le comprends ; mais
M. Hersent doit avoir, comme peintre, besoin
d'autres éloges, et il appréciera notre silence
sur le dessin et la couleur de certaines mains et
de certaines figures de ses nombreux portraits.

M. VERNET (Horace).

1031. — *Plusieurs tableaux*, même numéro.

Le tableau de *Mazeppa* et celui du *Passage du
pont d'Arcole*, malgré leurs défauts, sont bien
au-dessus de *la Dernière Chasse de Louis XVI à
Fontainebleau*, dont on ne pourrait comprendre
le sujet, si le peintre n'avait pris le soin de
l'expliquer dans la notice, au lieu de l'exprimer
sur la toile.

Le *Mazeppa*, au corps lisse et frais, d'une

pose académique, est jugé depuis long-temps ;
les chevaux sortent de l'atelier du maquignon,
et les couleurs de leurs différentes robes de
satin sont d'un choix aussi prétentieux que
l'expression affectée de leur pose et de leur
physionomie.

Quant au passage du pont, s'il y a encore du
mouvement dans ce tableau, il n'y a ni profondeur, ni vérité, ni perspective ; les figures se
découpent sèchement en bleu sur un fond
jaune. Le pont est mal jeté, sur une rivière qui
ne coule pas.

Au milieu de ces défauts, que nous laissons
au compte de l'académicien, on retrouve parfois le pinceau spirituel et facile de M. Horace
Vernet ; mais il nous est impossible de le re-
trouver dans les chevaux à contorsion de plusieurs autres tableaux ou portraits équestres ; et
nous faisons des vœux pour que cet artiste,
tombé si bas en s'abandonnant négligemment à
son étonnante facilité et aux caprices de la
mode, ait encore la volonté et la force de se
relever. Nous avons au salon tant de tableaux
d'une seule teinte, sans perspective et sans
harmonie, d'une imitation si grotesque dans
leur médiocrité, que nous devons la vérité
toute nue aux artistes qui sont capables de l'en-
tendre et de s'amender.

M. LE GÉNÉRAL BARON LEJEUNE.

674. — *Une scène du siége de Saragosse,*
en 1809.

Les Aragonais, réfugiés dans cette ville, les femmes, les
soldats dirigés par Palafox, la défendent avec un courage
héroïque ; dans chaque maison ils combattent de chambre
en chambre et jusque sur les toits ; des coups de fusil
partent encore du haut de la tour de Santa-Engracia,
ruinée par notre artillerie, qui vient de renverser une partie
du cloître de cette église pour nous ouvrir un passage.

En pénétrant par cette brèche, l'auteur, qui avait été
blessé une heure auparavant à l'assaut du couvent de Saint-
Augustin, reçoit une seconde blessure, et tombe aux pieds
du général Lacoste et du colonel Valazé qui l'aide à se
relever.

La statue est celle de la Vierge Maria Mercedès, qui
prie le Seigneur de pardonner aux meurtriers de son fils.

Tout ceci est la notice du livret, et voici
maintenant le tableau :

Des hommes, des bras et des jambes mal
dessinés, plus mal peints, ajustés avec prétention et perdus dans une mêlée de détails, le
placent encore au-dessous de ceux que l'auteur
avait mis à la dernière exposition. Le paysage
ne vaut pas mieux que les figures ; tout est gris
ou couleur de rose, et les personnages n'ont
même pas le mérite de ressemblance, qu'à
défaut d'ensemble, j'espérais y trouver.

M. COUDER.

226. — *Tannegui du Châtel.*

Ce guerrier, l'un des plus vaillans.....

Nous passons sous silence la *Pose de la pre-mière pierre du monument de Quiberon,* et nous abrégeons la longue notice du tableau de *Tannegui du Châtel,* qui cependant fait vivement sentir la langueur et la faiblesse de l'exécution de M. Couder. On ne sait si c'est une jeune fille ou un jeune homme qu'emporte cet homme bardé de fer, et l'on est peu tenté de s'en informer, tant il y a peu de mouvement et de noblesse dans la peinture.

Saint Ambroise refusant les portes du temple à l'empereur Théodose, est une composition plus malheureuse encore, s'il est possible, que les précédentes. L'évêque est debout, et d'une longueur démesurée; l'empereur plie gauchement le genou. Aucun sentiment ne lie ces deux figures ni entre elles ni avec les autres; tout est froid et inanimé comme le marbre décoloré qui les environne, sans qu'aucun des spectateurs d'une scène qui devrait être si imposante paraisse y prendre la moindre part. Comment un pareil sujet n'a-t-il pas échauffé le peintre ? La pourpre impériale soumise au bâton pastoral; le calme et l'autorité d'un saint en opposition avec les remords d'un grand coupable, forcé par l'opinion de tout un empire qu'il gouverne à implorer son pardon d'un chrétien qu'il n'ose braver; et rien de tout cela dans le tableau!

M. ROQUEPLAN.

905.— *Marée d'équinoxe.*

« Nos fortunes seront bientôt égales, dit le mendiant « écossais. » *(Sujet tiré de* l'Antiquaire *de Walter-Scott.)*

La figure de la jeune fille est cachée par l'épaule de son père, dans les bras duquel elle s'abandonne douloureusement; le baron écossais tient encore sa bourse qu'a refusée le mendiant, qui du doigt indique le flot prêt à les engloutir également : la mer les sépare d'une calèche qu'on aperçoit au loin sur la plage.

Il y a du sentiment et de la vérité dans cette scène mélancolique; le paysage et les personnages sont d'une bonne couleur : l'effet général est bien senti, et rendu d'une manière assez franche.

Les figures du groupe principal sont peut-être un peu grandes pour la scène, qu'elles rapetissent et dont elles empêchent de voir tout le danger; mais l'ensemble est satisfaisant. Pourquoi M. Roqueplan a-t-il craint de donner à la jeune fille une robe blanche, ainsi que l'indiquait Walter-Scott? Avait-il donc besoin de cette robe rouge, qui nuit d'ailleurs à l'effet, pour faire détacher le corps d'une jeune fille sur un fond de mer écumeux?

Parmi les études de M. Roqueplan, nous avons remarqué la profondeur et le ton fin et vrai des eaux d'une marine qui nous semble supérieure à la *Vue de la pointe Sainte-Anne en Basse-Bretagne,* et surtout à la *Vue de Saint-Paul de Léon* dans le même pays, paysage dont les arbres sont découpés et d'un noir sans transparence : la nature offre souvent des effets de lumière qu'elle seule peut rendre et qui sont au-dessus des ressources de la palette ; ce sont ces effets que le paysagiste qui connaît son art peut étudier pour en aborder les difficultés, mais qu'il ne doit jamais exposer, hors de son atelier, aux regards du public.

M. JOLY DE LA VAUBIGNON.

600. — *Etudes, d'après nature, prises en Dauphiné et en Savoie.*

Les réflexions qui précèdent ne s'appliquent nullement à ces études, froides et sans lumière, dont trois sont violettes et une bleue ; elles se ressentent de ces tons d'habitude qui, dans l'aquarelle, remplacent par convention ceux de la nature; c'est avec une autre vigueur de ton et de touche qu'il faut essayer d'enlever un coin de nature, lorsqu'on a assez étudié pour ne plus être arrêté ni par le dessin ni par la couleur.

M. LE COMTE TURPIN DE CRISSÉ.

1000. — *Le Berger et la Mer.*

Du rapport d'un troupeau dont il vivait sans soins, etc.
(LA FONTAINE, Livre IV, fable II.)

Les tableaux de M. le comte ressemblent à ces pierres de Florence qu'on scie pour y trouver, sous des teintes de convention, quelques paysages fantastiques ; mais je me hâte d'ajouter que lorsqu'on s'aperçoit que la pierre ne présente rien, on l'abandonne au maçon, sans la polir.

Les eaux, les rochers, les montagnes, les arbres, les prés, tout est si lisse, si propre, si bien léché, si mat, d'un ton de couleur si singulier, si loin de la nature, qu'on ne peut regarder les paysages de M. le comte Turpin de Crissé que comme ces mensonges auxquels le caprice de la mode donne une vogue momentanée, et dont la fausseté, une fois reconnue, anéantit le mérite fantasmagorique. Ce paysage, intitulé *le Berger et la Mer,* est un de ces mensonges dont la hardiesse étonne l'œil le plus aguerri aux pauvretés du salon, et l'on ne sait ce qu'on doit admirer le plus, ou de la confiance du peintre qui les a présentés, ou de la complaisance du jury qui les a reçus. Il n'y a aucune proportion entre le Polyphème berger qui est tombé du ciel sur un rocher, ses chèvres estropiées qui sont dans un coin, et les fonds.

M. BOURGEOIS (Amédée).

140 à 152.

140. — *Jacob et Laban, paysage historique.*

Jacob dit à Laban : Ne vous ai-je pas servi sept ans pour Rachel? pourquoi m'avez-vous donné Lia? Laban répond : Je te donnerai aussi Rachel à condition que tu me serviras sept autres années. (*Genèse,* ch. 29.)

Et nous dirons au peintre : Pourquoi nous avez-vous donné ce paysage prétendu historique, et puis cette *Vue des bords du Tibre,* et même cette autre vue aussi mauvaise, et puis cette vue.... etc., etc.

M. AUVRAY.

34. — *Le Déserteur spartiate.*

Un Spartiate n'ayant pas eu le courage de mourir avec Léonidas, aux Thermopyles, comme il l'avait juré, sa femme prit le deuil; et sa mère, lorsqu'il se présenta devant elle, l'accabla de malédictions, et refusa de le recevoir.

Un vieillard empêche un guerrier d'entrer, et tandis que cette scène se passe à la gauche du spectateur, à la droite et dans le même appartement, une jeune femme est aux genoux d'une vieille qui, la gorge nue et les mains levées au plafond, roule les yeux d'une manière effrayante. Il n'y a là ni spartiate, ni unité de composition, ni vérité, mais affectation de simplicité et absence totale d'effet.

La couleur est terne et uniforme; un académicien m'a voulu persuader qu'elle était *historique*, mais je ne comprends pas ce que c'est qu'une *couleur historique*, quoique le mot et la chose soient également en vogue parmi nos pensionnaires à Rome. La couleur historique de la chair, est la couleur naturelle de la chair, quoi qu'on die; mais des mains de Savoyard ne sont pas, j'en conviens, celles qu'on doit donner aux demi-dieux, aux héros. Ne peut-on éviter à la fois, dans un tableau d'histoire, et le défaut du coloris historique et celui du coloris servile et grossier du premier modèle que l'on fait poser? Il y a encore deux autres tableaux de M. Auvray à l'exposition : *le Dévouement de Gautier de Châtillon* et *Saint Paul à Athènes.*

M. BONNEFOND.

126. — *Une jeune femme accablée par les fatigues du voyage de Rome, où elle se rend avec sa famille, pendant l'année sainte, est secourue par des religieux de l'ordre du rachat des esclaves.*

La composition de cette scène est sage, et ne manque pas de verve; mais il y a trop de noir dans les fonds, et pas assez d'ombres sur les devans. Quoique la couleur se ressente de celle de l'école de Rome, et que les chairs soient, par conséquent, de la couleur ocreuse et terne du terrain, il y a du naturel et de la vérité dans les poses.

M. Bonnefond aura, nous l'espérons, le courage d'étudier franchement la nature plutôt que tel ou tel maître, puisqu'il a de lui-même abandonné ce poli luisant qui, dans son tableau de la dernière exposition (*le Maréchal ferrant*), était étendu avec un soin égal et d'un pinceau miniature sur les personnages et sur les accessoires, sur les premiers et sur les derniers plans. Ce fini précieux lui avait cependant attiré les éloges des amateurs, qui regardent la peinture comme un métier que l'on peut apprendre et exercer avec succès quand on a de l'adresse dans les doigts et de la patience.

M. DECAMPS.

280: — *La Chasse aux vanneaux.*

Il y a de l'ensemble dans ce petit tableau, qui n'est pas du ton de la nature : c'est un mensonge, nous sommes forcé d'en convenir, mais un joli mensonge, qui se soutient bien dans l'ensemble et dans les détails ; il se distingue par un ton fin et transparent, quoiqu'un peu bleu, et par une touche spirituelle, sans trop de coquetterie, de ces œuvres décousues qui, trop souvent sur la même toile, nous offrent des mensonges se décelant les uns par les autres.

M. DELAROCHE (Paul).

304. — *La prise du Trocadéro.*

Dans la nuit du 30 au 31 octobre 1823, à deux heures un quart, les colonnes d'attaque, formées des compagnies d'élite, de sept bataillons de l'infanterie de la garde et du 34ᵉ de ligne, s'élancent de la tranchée, franchissent la coupure, ayant de l'eau jusqu'aux épaules, et escaladent les retranchemens du Trocadéro. On voit sur le devant du tableau le Prince général en chef et son état-major.

Le peintre a, dans la composition, réussi à surmonter une partie des difficultés que lui

offrait son sujet; le groupe principal est bien
jeté, et la pose du Prince généralissime est
heureuse; la ressemblance d'ailleurs en est parfaite, aussi-bien que celle d'un grand nombre
d'officiers; mais M. Delaroche nous semble avoir
complétement échoué dans le ton de couleur;
la nuit et la lueur des feux du canon ne donnent
pas cette teinte uniforme d'un bleu sale qui,
sans aucune interposition d'air ambiant, s'étend
sur les pantalons et les buffeteries, les eaux et
le terrain. Je passe sous silence les fautes nom-
breuses de proportions perspectives qui existent
entre les figures des différens plans du tableau.

3o5. — *Le jeune Caumont de La Force sauvé
par un marqueur du jeu de paume du Ver-
delet.*

Le comte de Coconas vint dire....

Cette composition, à laquelle, d'après la
longueur de la notice du livret, le peintre paraît
attacher une grande importance, nous semble
pécher à la fois par l'ordonnance et par la couleur; elle est bien loin d'être attendrissante; le
corps grotesquement étendu sous une armure
bombée et saillante, et formant faisceau avec
un corps mort et avec le personnage principal;
la paire de pieds, dont la bordure coupe les

jambes; le clinquant et la bigarrure des couleurs, prêtent quelque vérité au sarcasme du
mauvais plaisant qui nommait ce tableau la
mort de polichinelle.

M. Delaroche a mis à l'Exposition deux autres
tableaux que nous n'avons pas aperçus (*Miss
Macdonald portant du secours au Prétendant,*
et *les Suites d'un Duel*), et plusieurs portraits.

COIGNET (Jules).

214. — *Un Site de Calabre.*

215.— *Un cadre d'Études de Paysages.*

Ce paysagiste paraît affecter une certaine couleur de convention et des tons tranchés dont le
contraste est plutôt fatigant qu'agréable à l'œil.
Il n'y a pas de transition brusque dans les couleurs de la nature : tout y est harmonie, tout s'y
fond dans un ensemble parfait, et les tons les
plus différens se placent les uns auprès des autres sans disparate et sans dureté.

Quelques lignes choquent dans le site et dans
les études de M. Jules Coignet, par la fausseté de
leurs grandeurs relatives. De semblables fautes
ne sont guère pardonnables à un paysagiste qui
emploie fréquemment des fabriques dans ses
compositions. Les sites de l'Italie sont trop con-
nus par un grand nombre de dessins corrects

pour qu'on puisse se permettre de défigurer la beauté des lignes qui en fait le plus grand charme. Il faut moins viser à l'effet et étudier avec plus de bonhomie pour saisir quelques uns de ces tons fugitifs de la nature, qu'on ne rendra jamais par une combinaison apprêtée d'avance des couleurs de la palette.

M. CHAUVIN.

194 à 198.

Nous laissons à M. Chauvin le soin de se faire à lui-même la petite part qui lui revient des observations précédentes ; il était né pour être coloriste , et n'emploie plus que deux ou trois teintes d'habitude, qu'il rend avec plus de vigueur que les paysagistes qui les ont adoptées comme lui, au lieu d'étudier les modifications sans nombre des tons harmonieux dont le soleil enrichit la végétation, les fabriques, et le terrain des paysages de la nature..

M. DAGNAN.

247. — *Vue prise en Dauphiné, d'après nature ; effet du matin.*

Ce paysage, franchement étudié , est d'une finesse et d'une vérité de tons qui le font re-

marquer par les artistes. L'air y circule librement; la base des montagnes a cette vapeur que
lui donne le matin, et la cime se détache sans
dureté sur le ciel; les fonds ont de la profondeur; la lumière du ciel se répand dans le reste
du tableau; la verdure est fraîche, sans crudité
de tons, mais peut-être cependant trop fraîche,
même pour un effet du matin; la planimétrie
des eaux est parfaite, et les reflets, bien sentis,
sont rendus avec bonheur. La masse du devant
est d'une couleur trop égale; mais elle a toujours de la transparence, et malgré quelques
légers défauts, ce paysage décèle une étude
approfondie et consciencieuse de la nature,
qualité bien rare chez nos paysagistes.

M. VAN-OS.

1016. — *Intérieur de la forêt de Compiègne,*
près de Saint-Jean.

1017. — *Intérieur de Forêt.*

Plus on regarde ces paysages, dont le premier semble avoir été relégué à dessein dans une
salle perdue, et qui tous deux sont placés à
faux jour, plus on y trouve de l'air et de la lumière; quelques tons manquent peut-être de
finesse, et parfois les masses de verdure, qui sont
éclairées, y sont fraîches jusqu'à la crudité, tan-

dis que le vert des ombres est trop bitumineux;
mais les arbres y semblent remuer , et l'on s'en-
fonce avec plaisir dans ces belles solitudes.

M. DEBRAY.

271. — *Site d'Italie.*

Nous aurions passé sous silence ce site d'Italie , et ses feuilles de vigne d'un jaune si fatigant pour l'œil , si ce paysage n'occupait la
meilleure place dans la salle où est reléguée
la *Forêt de Compiègne* dont nous venons de
parler.

M. Debray a encore au salon une *Vue du
moulin d'Yerre*, au-dessus de Villeneuve–Saint-
Georges, et une *Vue d'Olevano* surtout, qui
sont au-dessous de toute critique.

M. VOLMAR.

1045. — *Deux Chevaux tirant le coche.*

La pose des chevaux est naturelle et bien sentie; le mouvement est vrai; il y a de la bonhomie dans cette étude de grande dimension. Les
chevaux tirent franchement; mais les pauvres
animaux ont fort à faire si l'on renvoie par ce
coche tous les mauvais tableaux du salon.

M. FLEURY (ROBERT).

395. — *Le Tasse au monastère de Saint-Onufre,*
à Rome.

Les forces du Tasse sont épuisées par les chagrins et
par la maladie, et pendant que son triomphe se prépare
à Rome, il vient chercher le repos dans le monastère de
Saint-Onufre, sur le mont Janicule, et demander à la
religion un bonheur qu'il n'a pas trouvé dans la gloire.
Il est amené et soutenu par le cardinal Cintio, son ami,
neveu du pape Clément VIII. Les religieux, dans l'attitude
du respect et de l'admiration, reçoivent ce grand homme.
« Mes pères, dit-il en entrant, je viens mourir au milieu
« de vous. »

Tout ceci est la prose de la notice, et voici la
mienne :

La figure du Tasse exprime de la folie et de
l'hébêtement, sans aucune noblesse; la jambe
gauche, qui monte la marche, est estropiée, et
n'indique pas l'affaissement; le cardinal Cintio
paraît plutôt montrer le Tasse que le soutenir;
les habits des religieux sont lourds; il n'y a dans
ce tableau ni vérité ni poésie, et malgré le nom
du Tasse, aucun intérêt ne s'attache à cette composition, qui est peinte cependant avec une certaine prétention de couleur.

M. Fleury a encore au salon de cette année
un tableau que nous n'avons pas pu rencontrer,

et qui est intitulé *Mœurs romaines* ; c'est un Pénitent noir, dit la notice, qui lit à un criminel condamné sa sentence de mort.

M. GUÉRIN (PAULIN.)

513 *à* 521. — *Portraits.*

De tous ces portraits, celui de M. l'abbé F. de La Mennais nous a semblé, après celui en pied de Sa Majesté Charles X en habits royaux, le plus digne de la réputation de M. Paulin Guérin. La tête est bien modelée, et le dessin en est fortement senti ; mais les tons de carnation nous semblent bien ternes pour être ceux de la nature, même dans une figure amaigrie par la méditation, et les ombres en sont plutôt noires que vigoureuses. Dans le portrait du marquis d'Elbée, généralissime des armées de la Vendée, en 1793, l'attitude du général blessé ne manque ni de naturel ni de convenance ; mais ce n'est pas là un homme de chair et d'os, malgré la vie que le dessin a tenté de donner à sa physionomie. La figure est terreuse et du même ton que le champ de bataille, qui n'est guère indiqué que par des détails puérils, tels qu'un boulet, arrêté soigneusement aux pieds du général par le seul caillou qu'on aperçoive dans le terrain.

La bouche du portrait de Mlle M^*** est

trop pincée pour que ce soit la faute du modèle.

Mme HAUDEBOURT.

535 à 547.

Une douzaine de tableaux, sans compter les portraits : quelle prodigieuse fécondité, si chacune de ces pages-là ne se ressentait pas de la couleur factice et de l'ajustement maniéré des autres, et si tous ces jumeaux n'étaient pas surchargés de brimborions sous lesquels on a cru déguiser leur plate physionomie! J'en demande pardon à madame Haudebourt, humblement pardon ; mais un seul échantillon de mademoiselle Lescot valait mieux que tout le magasin que le jury a galamment permis à madame Haudebourt d'étaler au salon de cette année.

M. BONINGTON.

123. — *Vue du Palais ducal à Venise.*

Cette vue de Venise rappelle les tableaux de Canaletti, et c'est le plus grand éloge qu'on en puisse faire ; mais elle est encore loin du tableau de ce maître, que l'on voit dans la grande galerie de l'ancien musée.

Les figures sont bien touchées et d'une bonne

couleur; peut-être cependant la touche en est-elle trop également soignée, et les figures du devant sont-elles un peu grandes pour les fonds.

On ne voit pas bien si le quai est pavé en pierre ou en madriers. Je ne me rappelle pas d'ailleurs positivement s'il est, dans la nature, onduleux comme celui de la place Saint-Marc; mais je suis sûr, quoiqu'il n'y ait à Venise ni chevaux ni voitures, que ces quais du tableau sont trop propres, et n'auraient pas dû être balayés également par le pinceau. Je m'arrête, au reste, hardiment sur ces défauts, parce que ce tableau renferme de grandes beautés; le ton général en est harmonieux et fin; l'air y circule bien; les lignes perspectives sont exactes, et l'ensemble très satisfaisant.

M. Bonington, qui au dernier salon nous avait semblé affecter, comme M. Constable, un faire et une couleur d'un genre particulier, est rentré franchement dans la route de la nature et du vrai. Je n'ai pu voir sa *Cathédrale de Rouen;* mais l'aquarelle du *Tombeau de saint Omer dans l'église cathédrale de Saint-Omer,* est vigoureuse, transparente et d'un grand effet; il me semble que ce n'est plus à des aquarelles que M. Bonington est appelé à consacrer son talent.

M. BRASCASSAT.

161. — *Mercure et Argus ; paysage historique.*

Je ne parlerai du paysage historique de M. Brascassat, qui a mis trois autres tableaux au salon, que pour lui dire bien bas, à lui homme d'un vrai talent, afin qu'il le répète tout haut à d'autres qui n'en ont pas, que ce n'est pas en ajoutant à un paysage plus qu'ordinaire de ton et de dessin, deux figures à qui l'on donne un nom historique, qu'on peut composer un paysage du genre historique.

M. JOLIVARD.

597. — *Études peintes d'après nature.*

Il y a dans ces études, à travers une grande crudité de tons verts dans les clairs, de tons noirs sans transparence dans les ombres, et quelques découpures sans profondeur, de la vérité dans la couleur générale, de l'imitation de la nature et des beautés remarquables.

M. GIROUX (André).

460. — *Études faites d'après nature dans l'ancien Latium, maintenant appelé la Commarque.*

Faut-il le dire? il m'a semblé que sans aller à

Rome, M. André Giroux pouvait faire dans son atelier ses études, comme il a composé la *Vue de la ville de Capri*, qui décèle de l'entente du dessin et de la perspective.

M. GUDIN.

5o3 à 5o7.

Une grande observation des tons fins de la nature, qualité que nous avons déjà remarquée avec plaisir dans le paysage de M. Dagnan, beaucoup de facilité à rendre la suavité de ces tons, parfois de la débauche dans le pinceau, mais toujours de la transparence dans les eaux et une vérité admirable dans l'ensemble, voilà ce qui nous paraît distinguer les marines de M. Gudin. Dans le tableau, le vaisseau *l'América visité par des corsaires*, la mer n'a peut-être pas assez d'étendue ; pour donner de la lumière et de la transparence à ses eaux, le peintre paraît avoir sacrifié les tons de l'horizon. Quelque hauts que soient les premiers flots, quand la mer est houleuse, il y a toujours près de l'horizon un espace assez grand, où l'agitation n'est plus visible à l'œil du spectateur, quoiqu'elle soit indiquée par la vigueur du ton ; et cette observation s'applique au tableau représentant *un*

bateau à vapeur débarquant les passagers de-
vant Douvres.

Le *Retour de la pêche* se ressent un peu de
cette disposition à donner de la lumière transparente aux eaux, aux dépens de celle des
parties qui avoisinent l'horizon. La bordure noire
qui encadre ce soleil couchant nuit à l'effet au
lieu d'y contribuer, et c'est elle que j'accuse de
quelques crudités jaunes dans le ciel, grises sur
le terrain, que j'ai cru remarquer dans ce
beau paysage. Les sables des dunes, je le sais,
manquent souvent de solidité dans la nature;
mais cependant ils y forment toujours un terrain plus ferme que celui qu'exprime ici le pinceau de M. Gudin.

La *Vue de Grenoble* ne m'a pas paru d'un
ton assez chaud pour le pays; mais la nature
y est sentie partout, à l'exception, toutefois, du
terrain du rivage, qui n'est pas assez solide dans
le tableau, pour qu'on se risque à y marcher.

Quelques ombres un peu bitumineuses dé-
parent, dans le paysage placé dans la grande
salle, un soleil puissant et un effet d'une grande
vérité.

Je signale à M. Gudin, comme les plus grands
ennemis de son beau talent, sa facilité à lui,
et les louanges sans restriction des autres.

M. MOZIN.

758 à 761.

Ce peintre de marine montre une grande facilité de pinceau, et ce serait dommage qu'il l'employât à imiter M. Gudin plutôt que la nature. *La Pêche au chalut,* dont les eaux bitumineuses n'ont pas la profondeur et la transparence que le peintre a essayé de leur donner, est d'un ton plus naturel cependant que la *Vue de Saint-Valery.* Nous ne relevons pas quelques tons faux et quelques négligences de perspective qui semblent chez M. Mozin des péchés d'habitude, et dont l'étude de la nature le débarrassera.

M. ISABEY (Eugène).

579, 580 et 581.

Il y a plus de main encore, et moins de vérité dans ces marines de M. Isabey que dans celles de M. Mozin; les figures sont touchées avec trop de coquetterie, malgré leur affectation de simplicité; la *Vue intérieure du port de Trouville* est d'un ton bleu et lourd, complétement faux.

M. SCHOTEL.

958. — *Entrée d'une des rades des îles de la Zélande bordée par l'Escaut.*

959. — *Vue prise dans le voisinage de l'embouchure de l'Escaut.*

Ces marines, touchées avec un pinceau trop lisse et trop soigneux, nous ont paru remarquables par la mobilité des eaux; leur ton noirâtre, qui nous semble manquer de lumière, peut être exact cependant et tenir aux eaux de la Hollande; en tout cas il n'en empêche pas la transparence.

SERRUR.

960. — *Brunehaut.*

Haïr et commander, deviennent de si fortes habitudes pour le cœur de Brunehaut.....

Le déclin du jour est mal indiqué par la couleur; et dans ce pâtre debout et cette femme assise, je ne vois rien qui me rappelle ni Brunehaut, ni la Gaule poétique de M. Marchangy, dont le peintre a pris la peine d'extraire la longue notice qu'il a fait insérer au livret.

Le portrait de *Sa Majesté Charles X, prêt à monter à cheval au moment d'une revue,* peint par M. Serrur, s'il est moins mauvais comme couleur que sa *Brunehaut,* n'est pas mieux dessiné, et il est plus mal en perspective.

M. SMITH.

964. — *Clémence de Louis XII.*

À son avénement au trône..... « Le roi de France ne « venge pas les injures du duc d'Orléans. »

La pose du Roi, sa main étendue et ses yeux mal d'ensemble, n'indiquent pas plus de clémence que les courtisans n'indiquent de passion.

Il y a dans l'exécution de cette mauvaise composition, une couleur moins fausse et surtout moins grise que celle du tableau du même peintre, où saint Pierre ressuscite Tabithe. Ce qui rend un bon tableau d'histoire d'un si grand prix, c'est qu'il ne suffit pas d'une bonne exécution de peinture vraie pour le faire, mais encore d'une composition assez énergique pour que la vérité fasse méditer le spectateur. Un tableau de genre ne devient pas un tableau d'histoire parce qu'il sort de la grandeur habituelle du chevalet, pas plus qu'un véritable tableau d'histoire ne devient un tableau de genre par la petitesse de son cadre; seulement les difficultés augmentent avec la grandeur des dimensions. Ces réflexions s'appliquent à plusieurs grandes pages exposées au salon, et que nous n'avons pas le courage d'examiner avec détail. C'est par pure galanterie que nous ne dirons rien du grand tableau de Mme Mongez, *les Sept chefs devant Thèbes,* que le public s'obstine à prendre pour une scène mal copiée d'après David.

M. BERTIN (Jean-Victor).

78 à 81.

Une composition sage et heureusement ordonnée, une nature riche et d'un beau choix, ont toujours distingué les paysages de M. Bertin, auxquels on a reproché avec raison trop d'uniformité dans le feuillé, un manque d'air dans les masses d'arbres, et en général peu de vigueur de coloris.

Cette année, M. Bertin a cru que le *noir* était de la vigueur de ton ; son *Intérieur de forêt,* où l'on voit Diane et les nymphes, lui a sans doute déjà fait voir combien il s'est trompé ; mais la noblesse de la composition et la pureté du dessin des tableaux de M. Bertin doivent faire sentir à nos jeunes paysagistes la nécessité de faire marcher de front l'étude des belles lignes et celle des tons de la nature : qu'ils voient combien les paysages de M. Bertin, bien dessinés et d'une mauvaise couleur, l'emportent sur les sites ignobles et sur le *clinquant* d'un coloris de convention auquel on sacrifie maintenant si volontiers et l'harmonie des tons de la nature, et la correction du dessin et de la perspective.

M. LAWRENCE.

Un enfant, vêtu d'un gilet rond et d'un pantalon de velours rouge, est assis sur des rochers.

Il y a dans ce portrait, qui a paru au salon sans être annoncé sur le livret, plus de vie et de sentiment que dans une douzaine de grandes pages, prétendues classiques, que l'on étale sérieusement, et que nous avons la bonhomie d'examiner de même.

L'expression de la tête de l'enfant, sa pose, sa carnation, tout est peint avec bonheur dans ce tableau; mais ne nous y laissons pas tromper, c'est à force d'art, d'études et de savantes combinaisons, que le peintre anglais est parvenu à rendre les grâces et l'abandon de son charmant modèle, sans autre défaut, peut-être, qu'un peu de prétention à la naïveté.

M. CONSTABLE.

219. — *Paysage avec figures et animaux.*

M. Constable avait mis au dernier salon plusieurs paysages, dans lesquels il avait réussi, par
des touches heurtées, par des empâtemens, par
des glacis, par de la *main* enfin, avec la prétention de n'en pas avoir, à attraper quelques uns
des tons de la nature ; cette année, il a complétement échoué : sa couleur est fausse, ses arbres
ne tournent pas, ses lignes manquent de perspective. Il ne suffit pas de donner de grands
et larges coups de brosse, il faut les bien placer,
les empâter d'un ton vrai et fondre le tout pour
que le paysage soit harmonieux. Il y a loin de
ce paysage avec figures et animaux, aux tableaux
de M. Constable au dernier salon, et ces derniers étaient loin encore des *coins de nature* que
nous ont laissés les écoles hollandaise et fla-
mande, paysages trop souvent mal composés,
mais d'une transparence et d'une suavité de
tons toujours remarquables.

Que nos paysagistes regardent avec attention
le tableau de M. Constable ; ils y verront où
mène la prétention d'être original en copiant
la nature souvent ignoble qu'on a sous les
yeux, quand on n'a pas constamment le bon-

heur d'en saisir la couleur, et qu'on dédaigne d'en rechercher les formes les plus belles, les lignes les mieux disposées, et ces effets de lumière auxquels Claude le Lorrain doit à juste titre sa réputation du plus grand paysagiste qui ait jamais existé. Certes, c'est la nature qu'il faut consulter avant tout, mais une nature choisie qu'on n'étudiera jamais bien si l'on ne s'est pénétré des principes de composition qui ont guidé Claude le Lorrain : il vaut mieux encore cependant se tromper, comme M. Constable, que de se traîner, apprenti servil, dans l'ornière tracée par ces maîtres qui font un métier de la peinture.

M. DANIELL.

250 à 253.

Cette prétention de faire de l'effet aux dépens de la vérité et de la nature, dont on affecte pourtant de rechercher la simplicité et le désordre, est palpable dans les tableaux de M. Daniell. Sa *Vue du château de Windsor* est plus vraie de dessin et paraît moins chaos que son *Eléphant mort* et son *Serpent boa;* mais si les masses d'ombre et de lumière y sont heureusement réparties, les tons de couleur qui les expriment sont loin d'être traités avec le même bonheur.

M. RÉMOND.

836 à 843.

M. Rémond, dont les premiers tableaux avaient donné des espérances sous le rapport de la couleur, semble affecter maintenant une sécheresse de pinceau et une crudité de tons qui s'éloignent tout-à-fait de l'harmonie de ceux de la nature ; il affuble ses compositions prétendues historiques, ainsi que ses études, d'un coloris de convention que sans doute il croit piquant, mais qui l'entraîne dans une mauvaise route.

Des arbres massifs qui ne laissent pas apercevoir la moindre lueur de ciel entre le tronc et les branches, des eaux qui participent plutôt du terrain que de la couleur du ciel, des tons criards et toujours faux, des fautes de perspective, ont achevé de perdre M. Rémond : s'il en est temps encore, qu'il profite de la sévérité d'une critique que rien, dans ses tableaux des sites d'Italie, ne nous engage à adoucir. Ce n'est pas à de semblables tableaux qu'on pouvait s'attendre, en connaissant l'Italie et sachant que ses beautés ont dû inspirer M. Rémond.

Des pierres d'une mauvaise forme, d'une mauvaise couleur, du rouge en dessous, du bleu en dessus, et deux marionnettes qui se débattent dans tout ce fracas, voilà le paysage historique représentant *l'Archange saint Michel terrassant le Démon*, avec lequel M. Rémond s'expose à lutter contre la belle scène de Raphaël ; ce qui lui a valu cette plaisanterie : *Il est à Raphaël ce qu'est le Diable à saint Michel.*

M. WATELET.

1049 *et* 1050.

Dans la *Vue d'une Usine*, le plus grand des deux paysages de M. Watelet, les arbres des plans intermédiaires ne sont en proportion perspective ni avec ceux des fonds ni avec ceux des premiers plans. Le voyage de Rome n'a apporté aucun changement à la fraîcheur verdâtre et crue des arbres, non plus qu'aux touches comptées du feuillé habituel de M. Watelet ; les fabriques, loin d'être en perspective, ne sont même pas d'aplomb, et leur couleur n'a rien de celle de la nature.

Le *Moulin*, ou *Paysage pris sur la frontière de Savoie*, est plus mal encore que l'*Usine*. Des eaux sans niveau, des terrains sans perspective, de grosses masses de verdure avec un petit bouquet jaune au milieu, des tons crus, des lignes mutilées, des nuages lourds, secs et découpés sur un ciel qui ne fait pas la voûte, voilà pourtant où en est maintenant arrivé, comme M. Lapito qui commence, M. Watelet qui finit.

M. BIDAULD.

89 *à* 91.

Nous ne dirons rien, par égard pour les anciennes productions de M. Bidauld, de ses paysages de cette année, qui sont cependant encore bien au-dessus de ceux de M. Watelet.

M. SOUCHON.

966. — *Un malade.*

Cette étude, bien sentie et bien rendue, se fait remarquer par sa vérité, quoiqu'elle ait été nichée de manière à être le moins vue possible : le ton maladif de la figure est d'accord avec la pose ; et l'ensemble est une imitation si juste de la nature, que l'on regrette de ne pas trouver au salon d'autres tableaux de M. Souchon.

M. GUILLEMOT.

530. — *Mars et Vénus surpris par Vulcain.*

Ce tableau, qui manque de vérité et de poésie, et dont la composition est aussi sèche que le coloris, nous ôte le courage de parler des autres productions de M. Guillemot, dont l'ordonnance vicieuse est rendue plus sensible encore par une absence totale de coloris.

M. GRANET.

480 à 484.

480. — *Saint-Louis délivrant des prisonniers à Damiette.*

Je mets de côté les personnages de ce tableau; et, sans m'arrêter au sujet, qui n'est indiqué ni par les bras ouverts de Saint-Louis, ni par la pose singulière des prisonniers, j'examine la perspective et la couleur de l'intérieur.

Les tons de la perspective aérienne sont parfois en contradiction avec le tracé de la perspective linéaire, qui, dans les intérieurs de M. Granet, est toujours fort bien entendue; il en résulte un effet général peu satisfaisant, parce que la couleur rapproche forcément de l'œil du spectateur les objets auxquels le dessin assigne un plus grand éloignement.

Quand on se rend compte de la grandeur des figures dans les tableaux de paysage ou d'intérieur, il est rare qu'on ne soit pas étonné de la taille gigantesque que les peintres ont pris

l'habitude de leur donner; ces défauts, peu
visibles sur une petite toile, deviennent cho-
quans dans un grand tableau. Cette réflexion
générale s'applique particulièrement au tableau
d'intérieur dans lequel M. Granet a représenté
Bernardo Strozzi, peintre et religieux génois,
faisant le portrait du général de son ordre;
tous ces religieux, d'ailleurs, sont noirs et
sèchement découpés.

La couleur de M. Granet est souvent d'un
ton fin et transparent que ne copient jamais
ses imitateurs, qui ne manquent pas, au reste,
d'outrer les défauts de ses ombres, plutôt noires
que vigoureuses.

M. PETIT.

807. — *Roland et Ròdomont.*

Roland, devenu fou et furieux, arrive à l'extrémité
d'un pont qu'il veut traverser.....

Les imitateurs maladroits me rappellent le
tableau de *Roland et Rodomont,* dans lequel
M. Petit semble avoir pris à tâche de copier tout
ce que feu Michallon, qu'il a pris évidemment
pour modèle, a laissé d'imparfait dans ses moins
beaux paysages.

M. PERNOT.

801. — *Vue d'une partie d'Édimbourg et du palais d'Holy-Rood.....*

Ce nom d'Holy-Rood, si connu des artistes par le Diorama et par le tableau exposé en 1824 par M. Daguerre, qui, cette année, n'a rien mis encore au salon, m'a fait chercher le paysage de M. Pernot : je n'ai trouvé qu'un ciel de fer, des fonds noirs, violets, et une masure jaune qui s'y détache durement, sans aucune perspective.

M. MALBRANCHE.

705. — *Usine près Dinan en Bretagne; effet du matin.*

706. — *Vue de la vallée d'Auges, route de Caen, près de la côte Saint-Laurent.*

Je n'ai pu m'empêcher de voir ces deux paysages : le premier, à cause de sa taille immense, qui rend plus sensibles les défauts de la perspective et la fausseté des tons ; le second, à cause de la crudité d'un bleu qui saute aux yeux.

M. SCHNETZ.

951 à 956.

955. — *Une vieille femme et une jeune fille en prières devant une Madone.*

Cette tête de jeune fille, belle d'expression et de couleur, nous a semblé ce qu'il y a de mieux de M. Schnetz, dont les productions, au salon de cette année, ont en général des tons vigoureux et brillans, mais parfois de la sécheresse, un manque d'ombres, et une couleur qui n'est pas celle de la nature.

M. SCHEFFER *aîné.*

943. — *Jeunes filles grecques implorant la protection de la Vierge pendant un combat.*

Les compositions de M. Scheffer, toujours simples et faciles, manquent rarement d'émouvoir. Ces jeunes filles ont de l'innocence, et leur pose est touchante. Pourquoi M. Scheffer s'abandonne-t-il quelquefois à sa trop grande facilité, et se contente-t-il d'esquisser des scènes qu'il sait rendre avec tant de vérité quand il veut s'en donner la peine, comme dans celle des *Débris de la garnison de Missolonghi?*

M. ADAM.

3 à 6.

Les personnages du tableau de *la Foire aux chevaux, sur la place Royale à Caen,* sont bien ajustés, et les chevaux ne manquent ni de relief ni de mouvement; mais il y a de l'arrangement plutôt que du naturel dans ces épisodes, dont la touche est plus heureuse que la couleur; les figures des derniers plans sont plaquées tout-à-fait, sans air, contre une toile de fond, où les perspectives linéaire et aérienne sont également outragées. La pose de *Sa Majesté distribuant des croix d'honneur,* dans un tableau de M. Adam qui représente des troupes réunies au camp de Reims pour la cérémonie du sacre, manque un peu de noblesse; mais les figures de M. Adam sont assez habilement dessinées pour qu'il sente le besoin de les animer par une bonne couleur, bien naturelle et sans pochade.

M. LANGLOIS (Charles).

629. — *Passage de la Bérésina.*

630. — *Bataille de Walls.*

Ces tableaux, malgré leur faire sec et l'uni-formité de leurs tons, rappellent pourtant encore

le mouvement et la chaleur de la bataille de Sé-
dinam, exposée par M. Langlois au salon de
1822, et qui donnait des espérances que n'ont
point réalisées ses tableaux de cette année. Il y
avait dans cette bataille-là une véritable mêlée
sans confusion, ni trop ni trop peu de fumée;
les combattans étaient naturellement couverts
d'une véritable poussière, et s'y battaient tout
de bon.

M. MONVOISIN.

740. — *Mentor surprend Télémaque près d'Eucharis, et l'entraîne loin de celle qu'il aime.*

Il est impossible, avec la meilleure volonté
du monde, de deviner Minerve sous les traits
de Mentor dans cet homme barbu qui paraît
tâter le pouls au jeune homme qui représente
Télémaque, pas plus qu'Eucharis dans la pose
de cette jeune fille qui boude et se ferme un œil
avec la main; il y a des formes étudiées dans
le dessin matériel de ce tableau, mais pas la
moindre vérité de composition.

Dans le *jeune Pasteur napolitain*, M. Monvoisin a affecté une couleur historique toute de
convention, qui ôte à cette étude la vie et le
sentiment que le dessin avait tenté de lui
donner.

Ces deux tableaux, de la grande salle, ne

4

m'ont laissé aucune envie de chercher dans les autres *la Bergère soninaise, la Vierge, le saint Gilles, la Rosemonde, la Gabrielle de Vergy, le Partage du butin,* et les deux portraits du même peintre, qu'annonce le livret.

M. GRENIER.

488. — *Sainte Geneviève apaisant un orage qui tombait sur ses moissons.*

Il n'y a dans ce tableau ni sainte ni orage apaisé, mais seulement une jeune fille à genoux, vêtue d'une robe blanche recouverte d'une draperie violâtre et terne, au milieu du tableau; tandis qu'à sa gauche, sur le premier plan, un vieux berger est groupé avec deux jeunes filles dont la plus grande a les épaules bien étroites, et qu'à la droite, dans le fond, une femme affublée d'une draperie bleue cintrée, qui rappelle les mauvaises gravures de *Paul et Virginie,* emporte un enfant. Tous ces personnages sont cloués sur un paysage sans relief, dont le ciel est noir et sans lumière.

Quand on songe au talent, car il en faut pour arriver à composer même un mauvais tableau, au temps et au travail inutilement employés au mécanisme du métier de la peinture, on ne peut que gémir sur la fausse direction donnée à cet art divin par de prétendus chefs d'école qui forcent leurs élèves à les copier éternellement, sans leur permettre d'étudier la nature, d'en méditer les scènes imposantes, et de les rendre d'inspiration.

On assure, disions-nous, en publiant la première édition de notre brochure, que plusieurs tableaux, qui ne sont pas annoncés sur le livret, paraîtront dans les premiers jours de décembre avec ceux que le livret annonce, et qui n'ont point encore paru; nous nous proposons de les examiner et d'en rendre compte, en revenant sur les peintures, sculptures, aquarelles, gravures et lithographies déjà exposées, et dont nous n'avons pas eu le temps de nous rendre bien compte à nous-même, si le public, ami des beaux-arts, et les artistes pour lesquels nous avons écrit, paraissent goûter notre franchise.

Nous tenons aujourd'hui notre promesse en publiant, en même temps que cette seconde édition, une seconde partie de l'Examen du Salon de 1827.

FIN DE LA PREMIÈRE PARTIE.

DE L'IMPRIMERIE DE CRAPELET,
Rue de Vaugirard, n° 9.

www.ingramcontent.com/pod-product-compliance
Lightning Source LLC
Chambersburg PA
CBHW061653180626
46818CB00003B/1076